AF349686

CONDITIONS DE LA VENTE.

La vente se fait au comptant.

Les acquéreurs payeront cinq centimes par franc applicables aux frais.

Il y aura exposition des livres une heure avant la vente.

L'adjudication prononcée, aucune réclamation ne sera admise, et les articles vendus ne seront repris pour aucune cause.

Le libraire chargé de la vente remplira les commissions des personnes qui ne pourraient y assister.

Paris. — Typographie Georges Chamerot, rue des Saints-Pères, 19.

CATALOGUE

DE

LIVRES SUR LES ARTS

PRINCIPALEMENT SUR L'ARCHITECTURE

DONT LA VENTE AURA LIEU

Le samedi 20 mai 1876, à 2 heures précises

Hôtel des Commissaires-Priseurs, rue Drouot

Salle n° 9, au premier

Par le ministère de Me MAURICE DELESTRE, commissaire-priseur

Successeur de Me DELBERGUE-CORMONT,

Rue Drouot, 23

Monographie de la Cathédrale de Chartres. — César Daly. Revue d'Architecture. — Du Cerceau. Les plus excellents bâtiments de France. — Calliat. Encyclopédie d'Architecture. — Gailhabaud. Monuments anciens et modernes. Gazette des Architectes. — Moniteur des Architectes. — Oppermann. L'Art industriel. — Owen Jones. Grammaire de l'ornement. — Rondelet. L'Art de bâtir. — Claude Sauvageot. Palais de France. — Stuart et Revett. Les Antiquités d'Athènes. — Viollet-le-Duc. Dictionnaire d'Architecture. — Dictionnaire du Mobilier français. — Manuels Roret. — Vasari. Vite de' pittori, *édit. originale.* — Philibert de l'Orme. Architecture. — Jean Marot. Les Hôtels de Paris. — Architecture toscane. — Songe de Polyphile, 1561. — Saint-Simon. *Exempl. en grand papier.*

PARIS

ADOLPHE LABITTE

LIBRAIRE DE LA BIBLIOTHÈQUE NATIONALE

4, rue de Lille, 4

1876

CATALOGUE

DE

LIVRES SUR LES ARTS

PRINCIPALEMENT SUR L'ARCHITECTURE

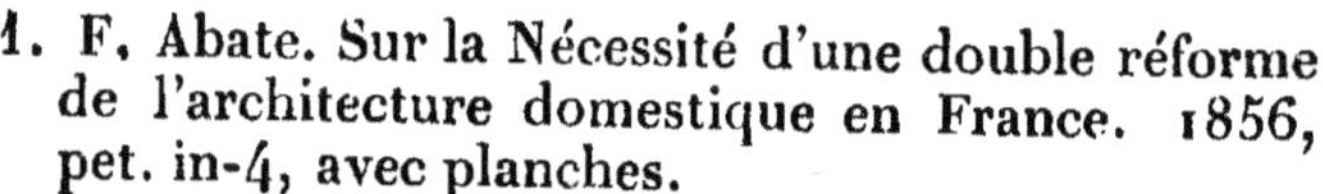

1. F. Abate. Sur la Nécessité d'une double réforme de l'architecture domestique en France. 1856, pet. in-4, avec planches.

2. Adhémar. Géométrie descriptive. 1 vol. in-8 de texte et 1 atlas de planches, demi-rel. chagr. bleu.

3. Adhémar. Géométrie des ombres. 1 vol. in-8 de texte et 1 atlas in-4, chagr. bleu.

4. Adhémar. Nouvelles Études de perspective, supplément au traité de perspective. *Paris, Lacroix-Comon,* 1859, br. in-8.

5. L'Architecture allemande au XIXe siècle, recueil de maisons, de villes et de campagnes, villas, chalets, décorations, etc., édition française. *Paris, Morel,* 1859-1869, cart. bl.

6. Armengaud et Amouroux. Cours de dessin industriel. *Paris, Mathias,* 1848, gr. in-8, demi-rel.

7. Th. Ballu. Monographie de l'église de la Trinité. *Paris, Dupuis,* 1867, 1 vol. in-8, texte et planches en feuilles avec le carton.

8. De Baudot. Églises de bourgs et villages. *Paris, Morel,* 1867, 1 vol. demi-rel.

9. A. Bérard. Dictionnaire biographique des artistes français du XIIe au XIIIe siècle. *Paris, Dumoulin,* 1872, 1 vol. in-8, br.

10. Ad. Berty. La Renaissance monumentale en France. *Paris, Morel,* 1864, 2 vol. in-4, chagr. rouge.

11. Ad. Berty. Les Grands Architectes francais de la renaissance. *Paris, Aubry,* 1853, gr. in-12, chagr. vert, tr. peigne.

12. Blottas. Analyse de prix (construction, terrassement, maçonnerie, etc.). *Paris, Dalmond et Dunod,* in-8, br.

13. Jules Bouchet. Compositions antiques. 1 album oblong en feuilles.

14. Jules Bouchet. Le Laurentin, maison de campagne de Pline le consul (textes et planches). In-4, rel. chagr. la Vall.

15. Boutard. Dictionnaire des arts du dessin. *Paris, Lenormand, Ch. Gosselin,* 1826, in-8, veau.

16. Émile Boutmy. Philosophie de l'architecture en Grèce. *Paris, Germer-Baillière,* 1870, br.

17. Bullet. Architecture pratique. *Paris, Delalain,* 1774, in-8, veau.

18. Colonel Burn. Naval and military technical Dictionary. *London,* 1863, in-8, cart. angl.

19. Le P. Ch. Cahier. Caractéristiques des saints. *Paris, Poussielgue,* 1867, 2 vol. in-4, chagrin vert.

20. A. Cassagne. Traité pratique de perspective. *Paris, Fouraut,* in-8 avec 232 pl. sur cuivre et 50 eaux-fortes, br.

21. Champollion-Figeac. Résumé complet d'archéologie, avec planches. *Paris,* 1826, 2 vol. in-32, basane.

22. Chartres (Monographie de la cathédrale de Chartres), publication du ministère de l'instruction publique (architecture, sculpture d'ornements et peinture sur verre, par Lassus. — Statuaire et peinture sur murs, par Amaury Duval). Atlas de 72 pl. et chr. en feuilles.

23. Chartreuse de Pavie. Une Visite à la Chartreuse de Pavie, avec 1 planche et gravure. *Milan,* 1865, in-18, br.

24. Léon Chateau. Histoire et Caractères de l'architecture en France. In-12, ill. br.

25. Th. Chateau. Technologie du bâtiment. *Paris, Morel,* 1866, 2 vol. in-8, bas. verte.

26. Claudel et Laroque. L'Art de construire. *Paris, Dunod,* in-8, bas. verte.

27. Cockburn and Donaldson. Pompeii illustrated with picturesque wiews. *London, Cooke,* 1827, in-fol. texte et pl. chagr.

28. Cordier. Recueil de maisons de campagne. *Paris, Salmon,* in-4, cart.

29. J.-A. Coussin. Génie de l'architecture. *Paris, Didot,* 1822, in-4, cart. bl.

30. Croquis d'architecture, publication de l'intime club; collection des 7 premières années 1867-73, en feuilles.

31. CÉSAR DALY. Revue générale de l'architecture et des travaux publics; collection complète de 1840 à 1873 inclusivement, formant 30 vol. en 15 de texte et 15 de planches, reliés sur onglet, chagr. vert.
Bel exemplaire.

32. César Daly. Motifs historiques d'architecture, de sculpture et d'ornements. *Paris, Morel,* 1869, texte et pl. in-fol. demi-rel. chagr. r.

33. César Daly. L'Architecture privée au xix⁰ siècle, sous Napoléon III. 3 vol. in-fol. chagr. la Vall.

34. César Daly. Funérailles de Félix Duban. *Paris, Ducher,* 1871, gr. in-8, br.

35. César Daly et Davioud. Les Théâtres de la place du Châtelet. Gr. in-8, en feuilles.

36. Louis Degen. Les Constructions en briques (édition française). *Paris, Morel,* in-fol. avec 48 pl. chagr. r.

37. Demanet. Guide pratique du constructeur. *Paris, Lacroix,* in-12, texte et pl. br.

38. J. Denfer et E. Muller. Album de serrurerie conforme au cours de constructions civiles de l'École centrale. *Paris, Dejey, Gauthier-Villars,* 1872, in-4, broché.

39. A. Deviller. Éléments de constructions civiles. *Paris, Baudry,* 1869, in-8.

40. Th. Donaldson. Portes monumentales de Grèce et d'Italie, texte et planches. *Paris, Bance,* 1837, atlas in-4, cart.

41. Th.-L. Donaldson. Architectura numismatica. *London, Day and Son,* 1853, in-8, rel. angl.

42. Jacques Androuet du Cerceau. Les Plus Excellents Bastiments de France, réimpression sous la direction de M. Destailleur, les gravures en facsimile par Faure Dujarric. *Paris, Lévy,* 2 vol. compl. en feuilles.

43. Le Colonel Dufour. Géométrie perspective avec son application à la recherche des ombres. *Paris, Roret,* 1833, in-8, avec atlas, br.

44. Durand. Leçons d'architecture et parallèle des édifices anciens et modernes. 2 vol. in-4 avec pl. et 1 in-fol. de 92 planches avec 1 vol. de texte in-8, par Legrand, demi-rel. chagr. vert.

45. Les Frères Durelli. La Certosa di Pavia, monographie de la Chartreuse de Pavie, texte et 62

— 5 —

planches. *Milan, Civelli,* 1863, in-fol. demi-rel.
chagr. r.

46. Ch. Eastlake. Hints on household taste. Con-
seils pour décorations intérieures, avec planches.
London, Longmans Green, 1868, in-8, rel. angl.

47. École spéciale d'architecture, notice historique.
1870, br.

48. ENCYCLOPÉDIE D'ARCHITECTURE, publiée sous la
direction de Victor Calliat. 1 série, 12 vol. in-4
avec les planches supplémentaires, rel. r.

49. Félibien. Principes de l'architecture, de la sculpture, de la peinture et des autres arts qui en dé-
pendent. *Paris, Coignard,* 1666, in-4, veau.

50. James Fergusson. History of architecture. *London, Murray,* 1867, 2 vol. in-8, fig. rel. angl.

51. James Fergusson. History of architectura. *London, Murray,* 1862, 2 vol. in-8, fig. rel. angl.

52. Fontana. Basilica Vaticana. 4° vol. des églises
de Rome, par le même. *Rome,* 1855, in-fol. texte
et pl. demi-rel. dos parch.

53. Fontana. Raccolte di Chiese di Roma. Collect.
de 90 planches, extraites des 3 premiers vol. des
églises de Rome, par le même, en feuilles.

54. Fontana. Prospettiva prattica. Très-intéressant
traité de perspective. *Rome,* 1851, 2 vol. in-4, fig.
demi-rel. brun.

55. Frontin. Les Stratagèmes et les Aqueducs de
Rome, traduction Bailly, avec le texte latin. *Paris,*
1848, in-8, demi-rel. v.

56. J.-N. Fuchs, de Munich. La Stéréochromie,
peinture monumentale. *Paris, Lacroix,* 1864,
in-8, br.

57. GAILHABAUD. Monuments anciens et modernes.
Paris, Didot, 1850, 2 vol. de texte et 4 de pl.
in-4, rel. mar. rouge.

58. Gailhabaud. Bibliothèque archéologique. *Paris, Baudry*, 1846, gr. in-8, cart.

59. Charles Garnier. Le Théâtre. *Paris, Hachette*, 1871, in-8, br.

60. Charles Garnier. A travers les arts, causeries et mélanges. *Paris, Hachette,* 1869, in-18, br.

61. Théophile Gautier. Le Palais pompéien de l'avenue Montaigne. 1 gr. in-8 avec 1 pl. br.

62. GAZETTE DES ARCHITECTES et du bâtiment, suite à l'Encyclopédie d'architecture de 1863 à 1873, sous la direction de M. Viollet-le-Duc fils et Corroyer. *Paris, Morel,* 9 vol. in-4, demi-rel. chagr. vert.

63. W. Gibbs. The Handbook of architectural ornament. *London*, in-8, rel. angl.

64. Aimé Girard. Faïences fines, faïences décoratives et porcelaines tendres. *Paris, Paul Dupont,* 1867, in-12, br.

65. J. Girard. Monographie de l'église Saint-Pierre et Saint-Paul de Gamaches (Somme). 1867, texte et pl. in-4.

66. Glossary of terms used in grecian, roman, italian and gothic architecture. *Oxford, Parker,* 1870, 3 vol. dont 2 de planches, rel. angl.

67. L'Abbé Godard. Cours d'archéologie sacrée. *Paris, Poussielgue,* 1854-56, 2 vol. in-8, avec pl. broché.

68. Haudebourt. Le Laurentin, maison de campagne de Pline le Jeune. *Carillon-Gœury,* 1838, in-8, demi-rel. chagr. rouge.

69. Louis Heuzé. Description, plans et détails des établissements de bienfaisance, crèches, salles d'asile, ouvroirs, etc. *Paris, Bouchard-Huzard,* 1851, in-4, br.

70. L.-J. Jay. Recueil de lettres sur la peinture, la sculpture et l'architecture, écrites par les grands maîtres. *Paris,* 1817, in-8, veau viol.

71. Hittorff. Les Antiquités inédites de l'Attique (formant le 5ᵉ vol. de l'ouvrage de Stuart et Revett). *Paris, Didot,* 1832, in-fol. demi-rel. chagr. la Vallière.

72. Th. Hope. Histoire de l'architecture, traduite de l'anglais par Baron. *Paris et Liége, Noblet,* 1856, 1 vol. in-8 et 1 vol. de pl. br.

73. Krafft et Thiollet. Choix de maisons de Paris, édifices et monuments publics. *Paris, Bance,* 1849, 1 vol. in-fol. br.

74. Th. Lachez. Enseignement de l'architecture. *Paris, Lévy,* 1868, in-8, br.

75. Le P. Laugier. Essai sur l'architecture. *Paris, Duchesne,* 1755, 1 vol. in-8 avec pl. et 1 front. gravé par Eisen, v.

76. Legrand. Voir Durand, nº 44.

77. Ch. Lenormant. Rabelais et l'architecture de la Renaissance, restitution de l'abbaye de Thélème. 1840, in-8.

78. Le Tarouilly. Édifices de Rome moderne. *Paris, Bance,* 1860, in-4 de texte et 3 in-fol. de pl. rel.

79. Ed. Lévy (de Rouen). Étude philosophique sur l'architecture. *Bruxelles et Paris,* 1859, in-12, br.

80. Mandar. Détails de construction d'une maison. 1818, 1 atlas in-fol. cart.

81. Marchal de Lunéville. Le Parthénon. *Paris, Didier,* 1864, 1 pl. in-8, avec pl. br.

82. Mauret de Pourville. Des Incendies et des moyens de les prévenir et de les combattre. 1869, in-12, br.

83. Alfred Maury (de l'Institut). Exposé des progrès de l'archéologie. *Paris, Imprimerie impériale,* 1867, in-8, br.

84. Maw et Cie (Benthall Works Broseley, angl.). Album de mosaïques et de carreaux d'ornements. Atlas de 44 pl. en couleur, cart.

85. Mazois. Le Palais de Scaurus, ou Description d'une maison romaine. *Paris, Didot,* 1853, in-8, broché.

86. Merlette et Hauvion. Les Ruines gallo-romaines de Champlieu (Oise). 1864, in-8 avec pl. br.

87. La Metropolitana Fiorentina illustrata (Monographie du Duomo de Florence). *Firenze, Molini,* 1820, in-4, pl. rel. chagr. la Vall.

88. Mignard. Guide des constructeurs, 3e édition, augmentée par Chelly. Les 2 vol. de texte br. et l'atlas cart. 2 vol. in-8, 1 atlas in-4.

89. Millin. Dictionnaire des beaux-arts. *Paris, Desray,* 1806, 3 vol. in-8, rel. veau.

90. LE MONITEUR DES ARCHITECTES, 1re série de 1847 à 1865, 14 vol. 2e série de 1866 à 1873, 7 vol. rel. chagr. bl.
Manque l'année 1863.

91. De la Morandière. L'Archéologie a fait son temps, considérations sur l'architecture de notre époque. 1857, in-8, br.

92. Le Général Morin. Manuel pratique du chauffage et de la ventilation. 1868, in-8, br.

93. Normand aîné. Monuments funéraires. 1863, 2 tom. en 1 vol. in-fol. rel. mar. noir.

94. C.-A. OPPERMANN. L'Art industriel (les 8 premières années), 1857-1864, en feuilles.

95. L'Abbé Oudin. Manuel d'archéologie, religieuse, civile et militaire. 1 vol. in-8, rel. chagr. vert.

96. Owen Jones. Grammaire de l'ornement illustrée, 112 pl. *Londres, Day and Son (Paris, Gagnon)*,
in-4, demi-rel. mar. rouge en tête doré, coins.

97. Parthénon. Bas-reliefs du Parthénon et du temple
de Phigalie. *Paris, Didier*, 1860, 1 album avec
grav. obl. cart. rouge.

98. Percier et Fontaine. Choix des plus célèbres
maisons de plaisance de Rome. *Paris, Didot*,
1824, in-fol. texte et pl.

99. Petit et Bisiaux. Motifs de décorations. *Paris,
Morel*, 1862, 50 pl. en couleur, rel.

100. Peyré. Manuel d'architecture religieuse au
moyen âge. *Paris, Didron*, 1848, in-12, rel. chagr.
vert, avec coins.

101. R. Pfnor. Ornementation usuelle de toutes les
époques. 2 part. en 1 vol. in-4, rel. mar. rouge.

102. L'Abbé Th. Pierret. Manuel d'archéologie pratique. *Paris, Didron*, 1864, in-8, br.

103. Pompéi. Fresques et Mosaïques, recueil de
16 décorations en chromo. *Naples*, pet. in-4,
1 album obl. cart.

104. Projets d'architecture, collection de 44 photographies de projets, par les élèves de l'Ecole des
beaux-arts. En feuilles.

105. Gustave Eyriès. Simart, statuaire. Étude sur sa
vie et sur son œuvre. *Paris, Didier,* 1 vol. in-8,
avec portr. br.

106. Quatremère de Quincy. Dictionnaire historique d'architecture. In-4, cart. bl.

107. Quatremère de Quincy. Biographie des architectes les plus célèbres du XIᵉ au XIIIᵉ siècle. *Paris,
Renouard,* 1830, 2 vol. in-8, cart. rouge.

108. Daniel Ramée. Histoire générale de l'architecture. *Paris, Amyot*, 1862, 2 vol. in-8, br.

109. Daniel Ramée. L'Architecture et la construction pratique. *Paris, Didot,* 1868, in-8, demi-rel. bas. verte.

110. Daniel Ramée. Dictionnaire général des termes d'architecture, en français, allemand, anglais et italien. *Paris, Reinwald,* 1868, 1 vol. in-8, br.

111. Léonce Reynaud. Traité d'architecture, 2ᵉ édition, 2 vol. in-4 texte, 2 atl. de pl. in-fol. demi-rel. mar. rouge.

112. Rondelet. Traité de l'art de bâtir avec le supplément, par Blouet. 5 vol. de texte et 2 tom. du supplément reliés en 1 vol. et 2 vol. de pl. in-fol. cartonné.

113. Roux aîné. Architecture civile, rurale et communale. *Paris, Bance,* 1 vol. texte et pl. in-fol. cartonné.

114. Rouyer et Darcel. L'Art architectural en France depuis François Iᵉʳ jusqu'à Louis XIV. 2 tom. de texte en 1 vol, in-4 et 2 vol. de pl. rel. chagr. bl.

115. A. Sanguinetti. La Décoration en bois découpé, album d'après Waaser. 32 pl. cart.

116. Claude Sauvageot. Palais, châteaux, hôtels et maisons de France, du xvᵉ au xviiiᵉ siècle. 1 vol. de texte et 4 vol. de pl. demi-rel. mar. vert.

117. L. Simonin. Les Pierres, esquisses minéralogiques. *Paris, Hachette,* 1 vol. gr. in-8 avec fig. et chromo.
Belle reliure.

118. Société impériale et centrale des architectes, conférence internationale de 1867. In-8, rel. bas.

119. Statistique archéologique du département du Nord. *Lille,* 1867, 2 vol. in-8 avec cartes, br.

120. Stuart et Revett. Les Antiquités d'Athènes, édition française. *Paris, Bance,* 1822, 4 vol.

in-fol. plus le Supplément par Hittorff, rel. mar.
la Vallière.

121. Stuart et Revett. The Antiquities of Athens and
other monuments of Greece. Abrégé (petite édition anglaise) avec des figures curieuses. *London*,
1841, in-16, cart. angl.

122. J.-T. Thibault. Application de la perspective
linéaire aux arts du dessin. 2 vol. in-4, rel. r.

123. Toussaint (de Sens). Memento des architectes,
code de la propriété, 2 vol. détails des prix, 3 vol.
principes généraux, 1 vol. planches, 1 vol. *Paris*,
1826; ens. 7 vol. in-8, demi-rel. bas.

124. Émile Trélat. Le Théâtre et l'Architecte. *Paris*,
Morel, 1860, in-12, br.

125. Duc de Valmy. Le Passé et l'Avenir de l'architecture. *Paris, Michel Lévy*, 1864, in-8, br.

126. Calvert Vaux. Villas and cottages illustrated.
London, 1867, in-8, gr. rel. angl.

127. Verdier et Cattois. Architecture civile et domestique au moyen âge et à la renaissance. 1864,
2 vol. in-4 avec pl. demi-mar. r.

128. Villas, Cottages and Country houses. Collection
de 67 planches. *London, Weale*, 1857, in-4, cart.
broché.

129. Villa and Cottage architecture, select exemples
of country and suburban residences recently
erected with descriptions. *London, Blackie and
Son*, 1868, rel. mar. brun.

130. Viollet-le-Duc. Dictionnaire raisonné de l'architecture française, bel exemplaire avec portrait.
10 vol. in-8, rel. veau avec coins.

131. Viollet-le-Duc. Dictionnaire raisonné du mobilier français, de l'époque carlovingienne à la
renaissance. 1870-75, 6 vol. in-8, br.

132. Viollet-le-Duc. Entretiens sur l'architecture. 2 vol. in-8 et 1 atl. de pl. br.

133. Viollet-le-Duc. Lettres d'Allemagne. 1 vol. in-8, broché.

134. Viollet-le-Duc. Lettres sur la Sicile. 1 vol. in-12, br.

135. Vitruve. L'Architecture (traduction de Maufras) avec le texte latin et des notes et figures. *Paris, Panckoucke*, 2 vol. in-8, rel. veau violet.

136. Vitruve. Les Dix Livres d'architecture de Vitruve, avec les notes de Perrault. *Paris, Morel*, 1859, 2 vol. in-4, dont 1 de pl. cart.

136 *bis*. Monographie de N.-D. de Bon Secours, près Rouen. *Paris, Sagnier et Bray*, 1847, br. in-4 avec 5 planches.

137. Collection de manuels Roret ayant pour la plupart rapport aux arts, à la construction et à l'industrie du bâtiment. 49 vol. in-16, et 11 vol. d'atlas, neufs, brochés.

Savoir :
1. Aérostats et ballons. 1 vol.
2. Archéologie. 3 vol. et 1 atl.
3. Architecture. 2 vol.
4. Architecture des monuments religieux. 1 vol. texte, 1 pl.
5. Arpentage. 1 vol.
6. Briquetier-tuilier. 2 vol.
7. Charpentier. 1 vol.
8. Chaufournier, platrier, carrier. 1 vol, texte et pl.
9. Coloriste, 1 vol.
10. Construction moderne. 1 vol. texte et 1 atlas.
11. Fabricant de couleurs et vernis. 2 vol. texte et pl.
12. Ciseleur. 1 vol.
13. Coupe des pierres. 1 vol. texte et 1 atlas.
14. Décorateur, ornemaniste, graveur et peintre en lettres. 1 vol. texte et 1 atlas.
15. Construction des escaliers en bois. 1 vol. texte et 1 atlas.
16. Géologie. 1 vol. texte et pl.
17. Graveur. 1 vol. texte et pl.
18. Horloger. 1 vol. texte et 1 atlas.
19. Régulateur des horloges. 1 vol. texte et pl.
20. Architecte des jardins. 1 vol. texte et 1 atlas.
21. Maçon, couvreur, paveur, carreleur, bitumeur et stucateur. 1 vol. texte et planches.
22. Marbrier. 1 vol. texte et 1 atlas.

23. Mécanicien, fontainier, soudeur, pompier, plombier. 1 vol. texte et
    1 planches.
24. Menuisier, ébéniste, layetier. 2 vol. texte et pl.
25. Métreur vérificateur. 2 vol. texte et pl.
26. Mouleur en plâtre. 1 vol. texte et pl.
27. Mouleur en médailles. 1 vol. et pl.
28. Numismatique ancienne et moderne. 2 vol. texte et 2 atlas.
29. Peintre en bâtiments. 1 vol. texte et pl.
30. Peintre, vitrier, doreur, vernisseur. 1 vol. texte et pl.
31. Peinture et fabrication des couleurs. 1 vol. texte et pl.
32. Peintre d'histoire et sculpteur. 1 vol. texte et pl.
33. Peinture sur verre, sur porcelaine et sur émail. 1 vol. texte et pl.
34. Poêlier-fumiste. 1 vol. texte et pl.
35. Porcelainier, faïencier, potier de terre. 2 vol. texte et pl.
36. Serrurier. 1 vol. texte et atlas.
37. Tapissier. 1 vol. texte et pl.
38. Technologie, physique et mécanique.
39. Terrassier. 1 vol. texte et pl.
40. Treillageur. 1 vol. texte et pl.
41. Verres, glaces, cristaux. 2 vol texte et pl.

SUPPLÉMENT.

138. Dictionnaire de l'Académie des beaux-arts.
Paris, Didot, 1861-72, tom. I à III, en 9 livr.
in-4, br.

139. Vasari. Le Vite de' piu eccellenti architetti,
pittori e scultori italiani. *In Firenze*, 1550, 3 tom.
en 2 vol. in-4, vél.
Édition originale, très-rare.

140. Quatremère de Quincy. Histoire de la vie et des
ouvrages de Raphaël. *Paris*, 1833, gr. in-8, demi-
rel. mar. portr.

141. Raccolta di cento tavole rappresantanti i Cos-
tumi degli Antichi, disegnate da Lorenzo Rocheg-
giani. In-fol. v. *Figures*.

142. Catalogue des tableaux, dessins et estampes
composant la collection de M. Léon Defourny.
Paris, 1819, in-4, br. fig. au trait.

143. Jeaurat. Traité de perspective. *Paris*, 1750, in-4, vélin.

144. QUATREMÈRE DE QUINCY. Dictionnaire historique d'architecture. *Paris, Adrien Leclerc*, 1832, 2 vol. in-4, demi-rel. v.

145. Manuel de l'histoire générale de l'architecture, par Daniel Ramée. *Paris, Paulin*, 1843, 2 vol. in-12, br. fig.

146. VIOLLET-LE-DUC. Dictionnaire raisonné de l'architecture française, du xi° au xvi° siècle. *Paris, Bance*, 1854, 10 vol. in-8, demi-rel. mar. non rogné.

Bel exemplaire.

147. Manuel des lois du bâtiment, élaboré par la société centrale des architectes. *Paris, Morel*, 1863, in-8, br.

148. Parallèle d'architecture antique et de la moderne. *Paris, Edme Martin*, 1750, in-fol. v.

149. Parallèle de l'architecture antique avec la moderne, par Errard et de Chambray, publ. par Jombert. *Paris*, 1766, in-8, v. *Figures*.

150. Serlio. Il Primo Libro d'architettura. 1545, in-fol. v. *Figures*.

Feuillets raccommodés.

151. PHILIBERT DE L'ORME. Le Premier tome de l'Architecture. *Paris, Fédéric Morel,* 1567, in-fol. vél. *Nombreuses figures*.

Bel exemplaire grand de marges d'un ouvrage rare.

152. SCAMOZZI. L'Idea della architettura universale. *Venetiis*, 1615, in-fol. v. *Figures*.

153. L'Architettura di Andrea Palladio. *In Venetia*, 1642, in-fol. v. *Figures*.

154. D'Aviler. Cours d'architecture. *Paris, Jean Mariette,* 1738, in-4, rel. *Figures*.

155. Charles Normand. Nouveau Parallèle des ordres d'architecture des Grecs, des Romains et des auteurs modernes. *Paris*, 1828, in-fol. demi-rel. non rog. *Figures*.

156. Gailhabaud. Monuments anciens et modernes. *Paris, Didot,* 1850, 4 vol. gr. in-4, demi-rel. mar. r. *Figures*.
Bel exemplaire monté sur onglets.

157. Guattani. Roma descritta et illustrata. *Roma,* 1805, 2 tom. en 1 vol. in-4, demi-rel. non rog. *Figures*.

158. Roma antica e moderna. *Roma,* 1765, 3 vol. pet. in-8, vél. *Figures*.

159. Bellori. Veteres Arcus Augustorum triumphi insignes. *Romæ,* 1690, in-fol. v. *Figures*.

160. Le Pitture antiche del sepolcro de' Nasoni, nella via Flaminia, da Pietro Santi Bartoli. *Roma,* 1680, in-fol. demi-rel. v. 110 *planches*.

161. Les Plus Beaux Monuments de Rome ancienne, par Barbault, peintre. *Rome,* 1761, in-fol. rel. *Figures*.

162. Monumenti antichi inediti. *Roma,* 1785, in-4, demi-rel. *Figures*.

163. Bonanni. Numismata summorum pontificum templi Vaticani fabricam indicantia. *Romæ,* 1696, in-fol. rel. 86 *planches*.

164. Paulus de Angelis. Basilicæ Sanctæ Mariæ majoris de urbe descriptio. *Romæ,* 1621, in-fol. vél. *Figures*.

165. Le Fontane di Roma, da Falda. *S. d.,* in-fol. obl. vél. *Figures*.

166. Villa Pamphilia. *Romæ, s. a.,* in-fol. v. *Fig.*

167. Verona illustrata. *Verona,* 1742, 4 vol. in-8, vélin.

168. Palazzi di Genova (1622), in-fol. vél. *Figures.*

169. Guida per le antichità di Pozzuoli. *Napoli*, 1792, in-8, br. *Nombreuses figures.*

170. JEAN MAROT. Recueil des plans, profils et élévations de plusieurs palais, chasteaux, hostels bastis dans Paris et aux environs. *Paris, Mariette, s. d.,* in-fol. v. *Figures.*

114 planches. Bel exemplaire.

171. Tombeau de François Iᵉʳ, dessiné, publié et gravé par Imbard. *Paris, Didot,* 1818, in-fol. demi-rel. *Figures.*

172. Monuments de Versailles. *S. d.,* in-fol. demi-rel. *Fig. au trait.*

173. Architectonographie des théâtres de Paris, par Al. Donnet. *Paris, Didot,* 1821, in-8, demi-rel. et atlas.

174. HITTORFF. Architecture moderne de la Sicile. *Paris,* 1835, in-fol. demi-rel. *Figures.*

175. Architecture toscane, ou palais, maisons et autres édifices de la Toscane, mesurés et dessinés par Granjean de Montigny et A. Famin. *Paris, Salmon,* 1846, gr. in-fol. demi-rel. mar. r. non rog. *Figures.*

176. La Théorie et la Pratique du jardinage. *Paris, Jean Mariette,* 1747, in-4, v. *Figures.*

---

177. Salvador. Jésus-Christ et sa doctrine. *Paris,* 1838, 2 vol. in-8, demi-rel. v.

178. ARCANA. Plusieurs Secrets recueillis par le menu de Madril qui n'ont jamais été mis en lumière. In-16, vélin.

Manuscrit sur papier, il est écrit en gothique.

179. Brief Discours de la différence des esprits, recueilly des œuvres de Dom Séraphin de Ferme,

trad. d'italien en françoys par M. N. Dany, abbé de saint Crespin de Soissons. *A Reims, Jean de Foigny*, 1581, pet. in-8, non rel.
Très-rare.

180. Bernard de Palissy. Discours admirable de la nature des eaux et fontaines, tant naturelles qu'artificielles. *Paris, Martin le Jeune*, 1580, pet. in-8, dérelié.
Le haut de la page 27 est enlevé.

181. Pausanias. Voyage historique de la Grèce, trad. par l'abbé Gédoyn. *Paris*, 1796, 4 vol. in-4, br.

182. Cousinery. Essai sur les monnaies d'argent de la Ligue achéenne. *Paris*, 1825, in-4, br. *Figures.*

183. Discours de la castramétation et discipline militaire des Romains, escript par Guill. du Choul. *Lyon, Guill. Rouille*, 1557, in-fol. v. *Nombreuses figures.*

184. Vues des Cordillères et monuments des peuples indigènes de l'Amérique, par de Humboldt. *Paris, Bourgeois-Maze, s. d.*, 2 vol. in-8, demi-rel. *Fig. en couleurs.*

---

185. Hypnérotomachie, ou Discours du songe de Poliphile, nouvellement trad. d'italien en françois. *Paris, Jacques Kerver*, 1561, in-fol. v. *Figures.*
Très-bel exemplaire, sans défauts, de cet ouvrage rare.

---

186. SAINT-SIMON. Mémoires, édition publiée par M. Chéruel. *Paris, Hachette*, 1857, 20 vol. in-8, br.
Exemplaire en grand papier vélin, très-rare.

FIN.

CONDITIONS DE LA VENTE.

La vente se fait au comptant.

Les acquéreurs payeront cinq centimes par franc applicables aux frais.

Il y aura exposition des livres une heure avant la vente.

L'adjudication prononcée, aucune réclamation ne sera admise, et les articles vendus ne seront repris pour aucune cause.

Le libraire chargé de la vente remplira les commissions des personnes qui ne pourraient y assister.

Paris. — Typographie Georges Chamerot, rue des Saints-Pères, 19.